Com amor para vocês ♡

Paulo e Estêvão

para jovens leitores

Adeilson Salles

Paulo e Estêvão

para jovens leitores

FEB editora

fergs

2012

GERÊNCIA EDITORIAL
Roseni Siqueira Kohlmann

PROJETO GRÁFICO, CAPA E EDITORAÇÃO ELETRÔNICA
Clemente Design

REVISÃO
Renato Deitos

PRODUÇÃO GRÁFICA
Denise Freitas

DADOS INTERNACIONAIS DE CATALOGAÇÃO NA PUBLICAÇÃO (CIP)

C172c
Salles, Adeilson

Paulo e Estêvão para jovens leitores / Adeilson Salles, 1ª ed. - Porto Alegre: Francisco Spinelli, 2012

15,8 x 23 cm; il.; 88 p.

1. Doutrina Espírita. 2. Espiritismo. I. Título

CDU 291.211
ISBN: 978-85-61520-25-0

LIVRARIA E EDITORA FRANCISCO SPINELLI - FERGS
Av. Desembargador André da Rocha, 45
90050-161 Porto Alegre, RS, Brasil
Fone (51) 3224-1493
livraria@fergs.org.br
www.fergs.org.br

À semelhança das crianças.

"Portanto, aquele que se diminuir como esta
criancinha, esse é o maior no Reino dos Céus.
E quem receber em meu nome uma criancinha
como esta, recebe a mim."

(Mateus, 18:4 e 5.)

Adeilson Salles é o artífice da imaginação, que transforma as narrativas e lições mais profundas em histórias simples e boas de ler, adormecendo as crianças e acordando os homens, na feliz síntese do poeta Drummond. Sua produtividade e criatividade é rio caudaloso refrescando a alma sedenta de espiritualidade, poesia e beleza. Todavia, sua maior missão é despertar nossa criança interior, eterna e terna aprendiz, que encontra a luz do saber nas paisagens mais lúdicas.

Esta obra, lançada em comemoração aos 70 anos do romance mediúnico "Paulo e Estêvão", é rosa depositada no altar da gratidão. Sincero agradecimento ao médium e ao benfeitor, responsáveis por sua materialização em nossa escola humana.

Traduz os elementos mais significativos da trama, em linguagem singela e sedutora, que flui como brisa no jardim.

É um convite ao leitor sensível, para que se transforme naquela criancinha da lição do Mestre, e volte a se encantar com as belezas do Reino Celestial prometido há dois milênios aos filhos da Terra.

Recebe-a com carinho. São flores colhidas com muito afeto e oferecidas em forma de buquê, cuidadosamente arranjado, para que experimentes os aromas inesquecíveis do Cristianismo Nascente.

Haroldo Dutra Dias

Belo Horizonte,maio de 2012.

E assim começa a nossa história...

Há muitos séculos essa história aconteceu, mas a borracha do tempo nunca conseguiu apagar o que ficou escrito no coração das pessoas que tomaram conhecimento desses fatos.

Essa é a história de dois homens que, por amor a Jesus, uniram suas vidas em uma grandiosa missão.

As pessoas, quando nascem, recebem o nome escolhido pelos pais. Os nossos personagens foram chamados de Saulo e Jeziel.

Com eles aconteceria algo interessante, pois a vida lhes daria outros nomes ao longo dessa linda história: Paulo e Estevão.

Para entender como isso aconteceu, vamos voltar no tempo, séculos e séculos atrás...

Saulo nasceu na cidade de Tarso e alegrou seu lar com o perfume da inocência que só as crianças têm.

Os anos passaram e ele recebeu uma educação muito especial. Educado pelos melhores professores, cresceu em saber e dedicação.

Saulo tinha a fala ardente como o Sol do meio-dia, e as palavras que pronunciava vibravam pelo ideal em que acreditava.

Todas as pessoas que erravam contra a lei estabelecida eram julgadas com severidade pelo jovem e determinado doutor da lei.

Ele era assim, um homem que refletia nas ações o que trazia no seu coração.

Nosso outro personagem, o jovem Jeziel, era terno e amoroso, fiel e disciplinado. Vivia em pequena propriedade com seu pai e sua irmã Abigail, uma jovem que transbordava ternura e beleza.

Sua mãezinha já fora chamada para o outro lado da vida.

Jeziel era seguidor das leis estabelecidas por Moisés, mas ainda tinha dificuldades em entender aquele **Deus** apresentado por ele.

Acreditava na promessa dos profetas da sua raça, que diziam que um dia viria ao mundo o Messias prometido, a Luz que iluminaria os corações, a Canção que embalaria todas as esperanças humanas, o Poeta que declamaria versos de amor e consolo.

Jeziel cuidava da terra com o respeito de quem sabia que a terra lhe ofertaria o pão do corpo.
Jeziel cuidava das coisas, alimentando a alma com a força da oração e o respeito às tradições.
Cuidava da família, cultivando o respeito e o amor pelo pai e pela irmãzinha querida.

Naquele tempo de domínio estrangeiro, a situação era muito difícil, mas Jeziel acreditava em um Deus de amor e justiça.

Certa manhã, após a ida ao mercado da cidade, o pai de Jeziel volta para casa com alguns ferimentos, provocados pela ignorância e a maldade dos soldados romanos.

Com o coração a transbordar revolta e ira, o pai do nosso personagem derrama pela boca os trovões da tempestade que a raiva produz no coração magoado e ferido.

Jura vingança a todo custo.

Jeziel, que ouvia todas as palavras, compadece-se do paizinho querido, e, esperando que a tempestade provocada pela revolta acalmasse no coração paterno, diz:

– **Papai, confie em Deus e na sua providência!**

O carinho do filho e o rosto tingido de preocupação da jovem Abigail tocam o coração paterno, que se acalma.

As palavras do filho conseguem abrandar por algum tempo o sentimento de ódio e revolta do pai.
Jeziel fala da necessidade de se manter a fé e seguir vivendo. Mesmo com todas as injustiças promovidas pelo homem, Deus irá manifestar a sua sabedoria, concedendo novas oportunidades de reparação.

O dia passa e a noite vem, mas o pai de Jeziel não consegue livrar-se do desejo de justiça.
No dia seguinte, a manhã iluminada por um Sol radioso chega, mas a escuridão da revolta permanece no coração daquele homem atormentado.

Sem que os filhos percebam, sai de casa desejando resolver a questão junto às autoridades. Depois de algum tempo, é ouvido pela autoridade responsável, que, movida por interesses terríveis, o condena a entregar tudo o que tem, até mesmo a pequena propriedade onde vivia com os filhos queridos.

Sob ameaças de prisão, volta para casa, com o seu coração queimando ardentemente por vingança. E, cego pela ira, ateia fogo na propriedade vizinha, que pertencia a um alto funcionário das autoridades que o condenaram.

Após contemplar as chamas e se dar conta do ato inconsequente, pensou nos filhinhos e afogou-se em lágrimas de arrependimento.

O fogo cresceu e todos os vizinhos correram para ajudar. Dois servos da propriedade foram feridos de morte ao lutarem contra as labaredas. Sem saber a origem de tamanha tragédia, Jeziel lutou bravamente para livrar a propriedade vizinha do fogo que a consumia. Auxiliou com os primeiros socorros um dos servos feridos.

Tudo em vão.

Pessoas ligadas ao dono da propriedade olhavam desconfiadas para Jeziel, que não compreendia o porquê daqueles olhares.

Novamente dentro do lar, Jeziel e Abigail surpreenderam-se quando o pai em lágrimas confessou o ato infeliz.

Não tardou para que oficiais viessem buscar os três para a prisão. Mesmo diante das lutas que enfrentaria, Jeziel não esmorece em sua fé.

Pede a Deus pelo pai querido e pela irmã inocente.

Aquela noite demorou a passar. Toda família estava mergulhada em terríveis preocupações.

Jeziel, olhando as estrelas que enfeitavam o quadrado das grades, conversa com a irmã, com o desejo de transmitir-lhe coragem, sobre a Bondade e a Justiça Divinas, renovando a esperança que a noite luminosa lhes transmitia.

Ao ser questionado por Abigail se estava triste ou aborrecido com o comportamento do pai, Jeziel alerta quanto à importância da compreensão, argumentando que Deus não enviaria tal experiência se não fosse com a finalidade da melhoria de todos.

Compreendendo as palavras do irmão, Abigail emociona-se e procura alimentar o coração de esperança.

O dia vem e com ele novos caminhos para o pequeno grupo familiar.

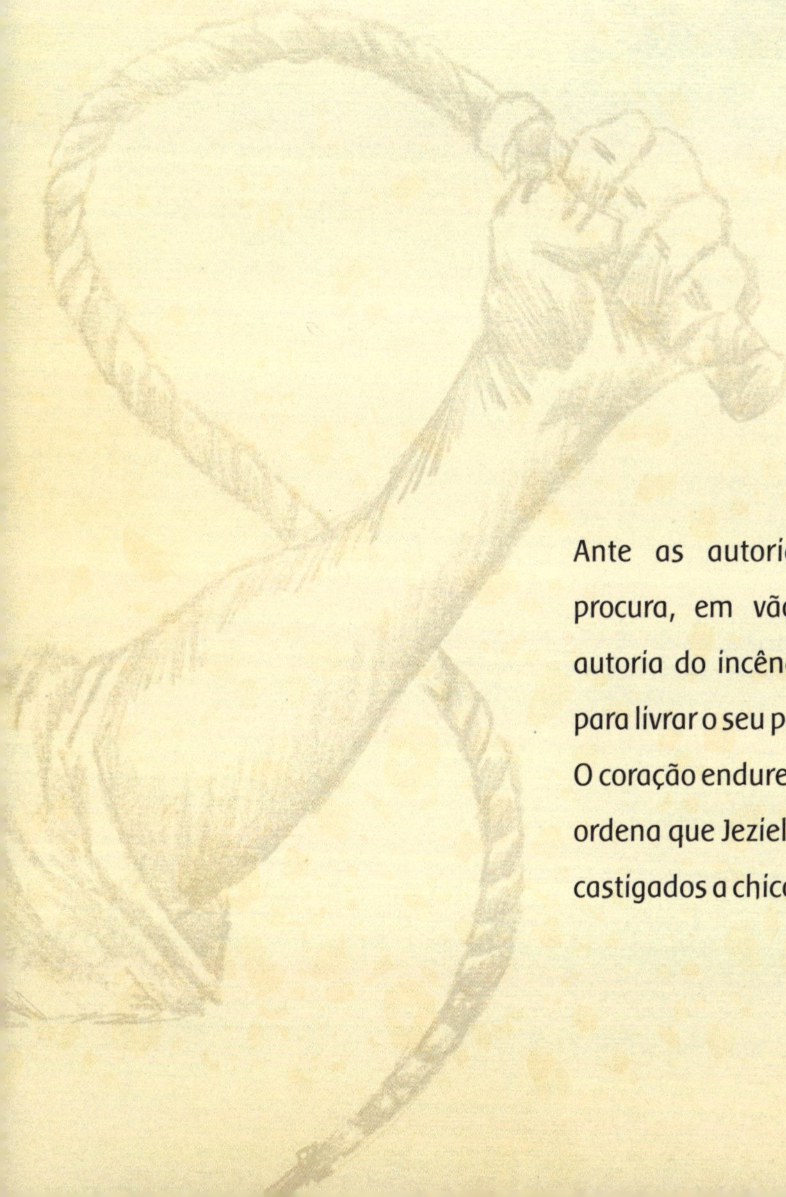

Ante as autoridades, Jeziel procura, em vão, assumir a autoria do incêndio criminoso para livrar o seu pai.

O coração endurecido do oficial ordena que Jeziel e o pai sejam castigados a chicotadas.

E o castigo leva Abigail às lágrimas.

A situação se agrava, e Jeziel, em grande esforço, solicita à irmã que ore a Deus pelo paizinho. Lutando para conter as lágrimas, Abigail faz sentida oração que emociona a todos.

Até mesmo o coração endurecido do oficial comove-se diante das palavras nascidas do coração de Abigail.

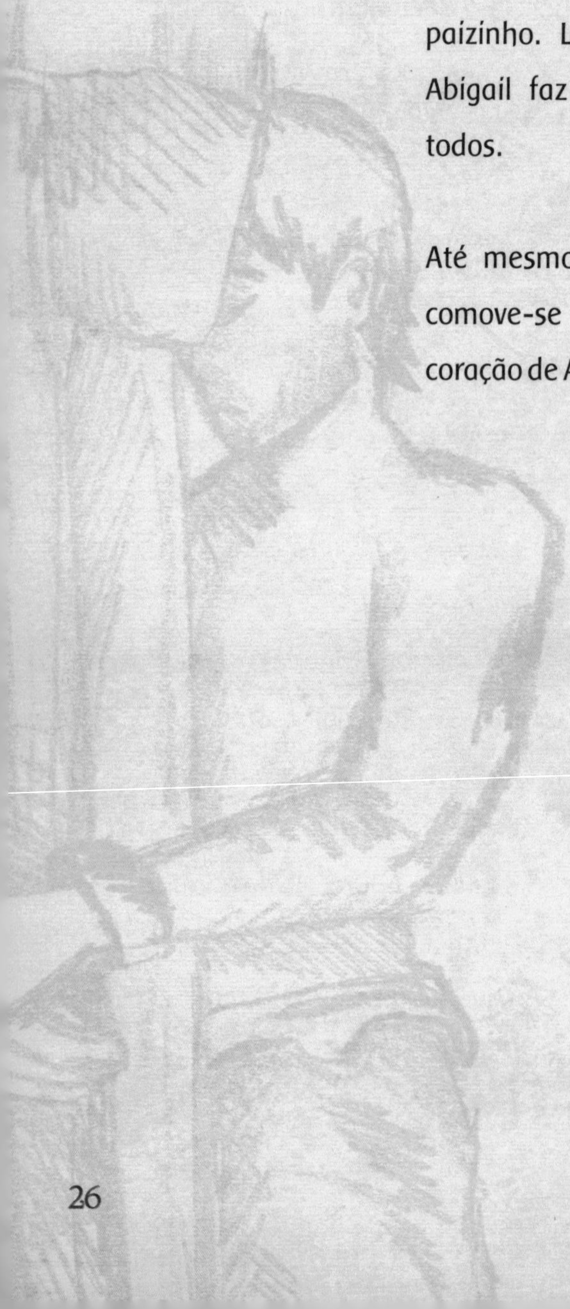

O ambiente fica envolvido pelas vibrações do amor de Abigail pelo pai e pelo irmão.

Esforçando-se para se recompor, o oficial malvado pede que soltem Abigail e levem Jeziel para ser escravo nos navios do Império Romano.

O pai de Jeziel e Abigail não resiste ao castigo e deixa o corpo físico.

Quando saí da prisão, Abigail anda por um tempo sem saber aonde ir, até ser auxiliada por um casal de amigos, Zacarias e Ruth, que a acolhem por filha do coração. Com eles vai morar nas proximidades, em outra cidade, de nome Jope.

Tempos depois...

A galera romana movida a remos cortava as águas do mar pelos braços vigorosos dos escravos. Vivendo entre eles, com a barba crescida, mas mantendo o mesmo brilho lúcido nos olhos, Jeziel acompanha o ritmo dos remos com o movimento das pernas e dos braços.

Por seu temperamento dócil e amigo, ele ganha a simpatia do feitor de escravos.

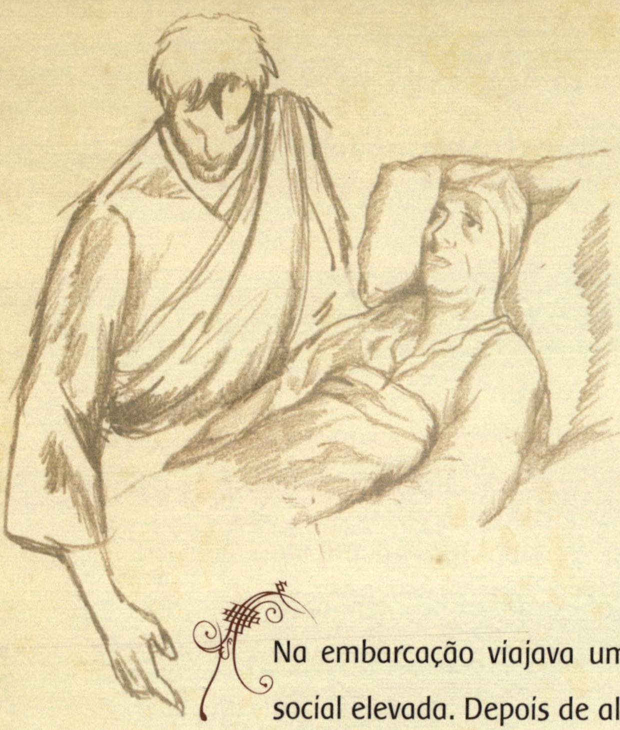

Na embarcação viajava um romano de condição social elevada. Depois de alguns dias de viagem, o passageiro adoeceu e o comandante da embarcação, por sugestão do feitor, designou Jeziel para os cuidados mais próximos ao doente.

Durante algumas noites e dias Jeziel cuidou com zelo do passageiro, que veio a se recuperar. Pedia a Deus, em orações emocionadas, pela vida do enfermo. E ele se recuperou.

Jeziel volta aos remos, mas, antes de recomeçar suas atividades, apresenta os mesmos sintomas do romano que estivera sob seus cuidados.

O comandante do navio, preocupado com a tripulação, afirmou que o atiraria ao mar, antes que ele contaminasse as demais pessoas. Foi quando o romano, o que se recuperara pelas mãos abnegadas de Jeziel, interveio junto ao comandante, agindo com gratidão. Levou-o ao porto de Jope, que era o mais próximo, restituindo-lhe a liberdade. Deixou-lhe uma bolsa de moedas para que ele pudesse cuidar das primeiras necessidades e conseguir auxílio para sua saúde. O romano agradeceu-lhe a dedicação e a ternura, desejando a ele vida nova em liberdade.

Febril e sem conseguir arrumar as ideias, Jeziel adormece em matagal próximo. Poucas horas depois, é acordado por um homem que lhe enfiava a mão na roupa em busca de moedas.

Vendo que Jeziel não lhe oferecia resistência, o oportunista tomou-lhe a bolsa, mas se deteve ante as palavras do ex-escravo:

– Pode levar o dinheiro, mas me auxilie a encontrar um abrigo!

As palavras de Jeziel, ditas com profunda emoção, paralisam o ladrão, que, mal disfarçando as intenções, disse:

– É claro que vou tentar ajudá-lo!

Conheço um grupo esquisito que se chama

"Homens do Caminho"

Por certo, vão auxiliá-lo.

Apoiando-se no ombro do homem que lhe pegara as moedas, Jeziel foi conduzido a uma singela construção.

Após bater palmas, um homem de sorriso bondoso surgiu à porta, dando-lhe boas vindas:

– Seja bem-vindo, irmão!

Jeziel estranha ser chamado de "irmão" por aquele homem.

– Por que me trata desse jeito?

– Somos todos da mesma
família em

Cristo Jesus

Aquele nome soa como música aos ouvidos de Jeziel, que se abre para as verdades espirituais redentoras.

Após algum tempo, lutando contra as lágrimas saudosas do pai morto e do irmão desaparecido, Abigail encontra motivos para aliviar seu coração. A vida lhe presenteara com um promissor afeto.

Saulo, um respeitado doutor da lei, em visita ao casal de amigos Ruth e Zacarias, encanta-se com aquela flor, mulher delicada, e acredita que ela enfeitaria sua vida com sonhos e esperanças.

Sempre que os seus afazeres permitiam, o jovem doutor da lei passava as tardes e parte da noite ao lado da escolhida, desenhando sonhos com palavras de amor, prometendo um lar a Abigail, que lhe devolvia as palavras com a mais pura alegria.

Tudo caminhava bem, até que algumas agitações entre o povo mais humilde roubaram a paz de Saulo de Tarso.

Notícias chegavam até ele de que alguns homens conhecidos como "Homens do Caminho" promoviam curas e pregavam a "Boa Nova".

– Que "boa-nova" é essa que não lhes tira da pobreza? – indignava-se o doutor da lei. – É um bando de fanáticos e arruaceiros que prega a palavra de um tal Jesus.

Após receber cuidados e atenção, Jeziel se recuperava rapidamente.

Não eram apenas os cuidados materiais que erguiam Jeziel do leito. As palavras de amor e esperança, de fé e renovação ditas por Simão Pedro lhe faziam enorme bem.

Em momento de rara emoção, Pedro emociona Jeziel informando-o de que o Messias esperado por ele já estivera na Terra semeando a "boa-nova".

Convidado a ouvir uma palestra sobre as mensagens do Cristo de Deus, Jeziel sente-se mais uma vez profundamente emocionado e identifica na postura do nobre profeta galileu a conduta do "Messias" prometido, aquele que conquistou o mundo pelo coração e não pela espada.

Interessado, mergulha nos estudos daquelas palavras de luz. Quanto mais lia, mais se sentia confortado para enfrentar as lutas da vida.

Decidido a colaborar mais intensamente na obra de Jesus, ouve a sugestão de Pedro, que o adotou como filho do coração, e muda o seu nome, deixando para trás o nome Jeziel. Agora com o nome **Estêvão**, segue Jesus, renovado no entendimento da vida.

Convidado, certa noite, a falar sobre a "boa-nova", envolve a todos com sua ternura e compreensão do Evangelho.

Quando Estêvão falava, os sofredores sorriam e o ambiente enchia-se de vibrações de esperança.

O rosto das pessoas iluminava-se com sorrisos crentes no amor. A palavra amorosa de Estêvão atravessa as humildes paredes e chega aos corações aflitos. Muitas pessoas buscaram o Cristo por esse amoroso servidor.

Os "Homens do Caminho" rejubilavam-se com o novo trabalhador da "boa-nova".

Certa noite, em que o local fervilhava de pessoas na busca de consolação, o doutor da lei entrou e sentou-se para ouvir as palavras de Estêvão.

As roupas do doutor da lei, sempre bem cuidadas, contrastavam com os humildes ali presentes.

Estêvão não se deixa impressionar e fala das belezas do céu para os simples de coração.

Irritado com aquelas palavras que ele julgava infantis, um verdadeiro tratado contra as tradições de seu povo, Saulo ergue-se e promete voltar para acabar com aquele culto de ignorantes.

A partir daquela noite, Saulo de Tarso inicia perseguição cruel contra os seguidores de Jesus, que duraria muito tempo.

Para dar o exemplo, leva Estêvão à prisão, por considerá-lo muito perigoso. A notícia da prisão de Estêvão gerou mais inquietação no meio do povo.

Tomado de ira contra os discípulos de Jesus, até os momentos românticos com Abigail sofreram interrupção, na caça aos seguidores do Carpinteiro. Quando estavam juntos, ela procurava consolá-lo, alertando-o para não perder a razão.

Nem as palavras da amada o convenciam.

Estava decidido, ele levaria Estêvão a julgamento e o condenaria à morte para servir de exemplo aos fanáticos seguidores do Carpinteiro.

Os dias passaram...

Muitos apelos foram feitos pela libertação de Estêvão, porém nada comoveu Saulo de Tarso.

Estêvão foi julgado e condenado ao apedrejamento.

Saulo entendia que aquele momento seria o ponto final da infeliz ideia da "boa-nova". Ele ganharia mais respeito do que já possuía perante seu povo.

Levou Abigail para ver seu triunfo.

Antes da execução, a palavra foi concedida ao condenado.

Com o semblante sereno e calmo, Estêvão fala do seu amor por Jesus e da crença em Suas promessas.

Todos ficaram impressionados com as palavras daquele homem que caminhava para a morte afirmando que entraria em uma nova vida.

Abigail, que estava em outro ambiente, aproximou-se do local da execução quando a agressão já acontecia.

Estêvão despe-se do corpo de carne e veste-se de luz a cada agressão sofrida.

Dedicados amigos do plano espiritual rodeavam o mártir nos seus minutos supremos. No caminho de luz, desdobrado à sua frente, reconheceu que alguém se aproximava abrindo-lhe os braços generosos. Pelas descrições que ouvira de Pedro, percebeu que contemplava o próprio Mestre em toda a resplendência de suas glórias divinas.

Naquele instante, Abigail reconheceu o irmão Jeziel, e pediu a Saulo que suspendesse aquele momento de dor.

Tarde demais!

Mais uma vez as lágrimas foram derramadas vindas de sua alma. Então, ela diz:

– Jeziel! – exclamou, beijando e regando de lágrimas a face do irmão – Como te vejo eu!... Parece que o sofrimento te durou desde o dia em que nos separamos!... – E soluçava...

– Estou bem... – diz o discípulo de Jesus, fazendo o possível por mover a mão quebrada e deixando perceber o desejo de acariciar-lhe os cabelos, como nos dias da meninice e da primeira juventude. – Não chores!..

Eu estou com o Cristo...

– Quem é o Cristo? – murmurou a jovem. –
Por que te chamam Estêvão?
Como te modificaram assim?

– Jesus... É o nosso Salvador...

– explicava o agonizante, no propósito de não perder os minutos que se escoavam rápidos.

– E, agora, chamam-me Estêvão... Porque um romano generoso me libertou... Mas pediu... Absoluto segredo. Perdoa-me... Foi por gratidão que obedeci ao conselho. Ninguém será reconhecido por Deus, se não mostrar agradecimento aos homens...

Vendo que a irmã prosseguia em soluços, continuou:

– Sei que vou morrer... Mas a alma é imortal... Sinto deixar-te... quando mal torno a ver-te, mas hei de ajudar-te do lugar em que estiver.

– Ouve, Jeziel – exclamou a irmã num desabafo. – Que te ensinou esse Jesus para te levar a um fim tão doloroso? Quem assim abandona um servo leal, não será antes um senhor cruel?

– Não penses dessa maneira – prosseguiu com dificuldade.

– Jesus é justo e misericordioso...

Prometeu estar conosco até a consumação dos séculos... Mais tarde compreenderás. A mim ensinou-me a amar meus próprios perseguidores...

Ela, carinhosa, abraça-o, desfeita em lágrimas abundantes. Depois de uma pausa em que a vítima se revelava nos derradeiros instantes da vida material, viu-se que Estêvão se agitava em grandes esforços.

– Com quem te deixarei?

– Este é meu noivo – esclareceu a jovem, apontando o moço de Tarso, que estava paralisado.

Sem ódio, Estêvão falou:

– Cristo os abençoe... Não tenho no teu noivo um inimigo, tenho um irmão... Saulo deve ser bom e generoso; defendeu Moisés até o fim... Quando conhecer a Jesus, o servirá com o mesmo fervor... Sê para ele a companheira amorosa e fiel...

Nos últimos segundos de vida, Abigail ainda ouviu do irmão a última frase:

– A morte não separa... os que se amam...

Abigail voltou para sua casa, após a morte do irmão.

Saulo viu seu ódio contra os cristãos aumentar ainda mais, pois aquele Cristo estava acabando com todos os seus sonhos. Ele iria até o fim do mundo para acabar com os seguidores de Jesus e com sua mensagem.

A perseguição aumentou; muitas pessoas foram presas e muitas condenadas.

Dias depois, Saulo tentou se aproximar de Abigail e surpreendeu-se. Ela estava muito doente, mas não tinha nos lábios palavras de revolta contra ele.
Parecendo uma flor de rara beleza a murchar a cada dia, Abigail também declarou amor ao homem de Nazaré.
Zacarias e Ruth nada podiam fazer.
Disseram apenas que após a morte de Estêvão ela passou a receber a visita de um bondoso homem chamado Ananias.

Saulo enfureceu-se e decidiu perseguir e prender esse homem, entendendo que certamente teria sido ele o responsável pelo estado lastimável de Abigail.
Mais alguns dias se passaram e, apresentando um quadro de profunda fraqueza, Abigail deixa o corpo físico.

Nos últimos instantes de vida ela sentiu uma mão carinhosa amparando-a, levantou-se e sentiu-se aliviada. Ergueu os olhos e deparou-se com seu irmão Estêvão, que lhe sorria amorosamente.

Com carinho, ele a levou dali.

Saulo decide que não daria trégua aos cristãos, acreditando que eles haviam roubado todas as suas esperanças de felicidade.

Buscou notícias de Ananias e descobriu que havia sido visto em Damasco.

Acompanhado de dois servidores, ele cavalgou decidido a acabar com aquele homem que lhe havia tirado Abigail.

Ansioso, aproximou-se da entrada da cidade. Sua mente estava inquieta, seu coração sem paz.

De repente, o cavalo relincha e ergue-se ante uma luz de extremo brilho. Saulo, sem esperar, cai de cima do animal. Fica com seus olhos voltados para o chão, procura se refazer e, ao erguer lentamente a cabeça, vê a túnica iluminada de um homem.

Quando os olhos dele se encontraram com os olhos daquele homem, Saulo teve a certeza de quem se tratava.

O orgulho da raça ficou ali jogado no meio da poeira, enquanto o brilho daquele olhar penetrava o seu coração.

Os breves segundos do encontro foram suficientes para fazê-lo renascer no entendimento das coisas: a verdade espiritual.

O doutor da lei sentiu e entendeu que não existem argumentos contra a força do amor.

E a voz daquele homem se fez ouvir:

– Saulo, Saulo,
por que me persegues?

Desarmado de orgulho e repleto de esperanças, ele respondeu:

– Senhor... O que queres que eu faça?

Jesus orienta-o a seguir viagem até Damasco
e aguardar novas instruções.
Desconfiados, os servos entreolharam-se.

Saulo sentia algo inexplicável, como se uma nova força
tivesse se instalado em seu coração, em seu Espírito.
Agora, parecia-lhe que tudo fazia sentido.

Ele precisava dizer aos amigos que o amor é força que transforma, que nada é mais poderoso do que esse sentimento, e que para senti-lo é preciso ser puro de sentimento como uma criança.

Sentia grande necessidade de gritar ao mundo que viu Jesus de Nazaré. Queria amar as pessoas.

Embora os seus olhos estivessem fechados para o mundo, uma visão mais ampla da vida se descortinava em sua mente.

Cego ele fora quando perseguiu os seguidores de Jesus.

Lembrou-se de Abigail e chorou; rememorou a morte de Estêvão e sentiu uma dor aguda no peito.

Para servir àquele Senhor, ele precisaria aprender a lidar com as próprias imperfeições e removê-las.

Despediu um dos servos
e pediu ao outro que o acompanhasse. Após três dias vivendo
no quarto de hospedagem, Saulo recebeu amorosa visita.

Era Ananias, o perseguido de Saulo, que o abraçava dizendo
que Jesus o havia mandado àquela casa para que Saulo
pudesse, novamente, enxergar. Era como se a ovelha
perseguida viesse buscar o lobo faminto.

Saulo chorou copiosamente e, à medida que as lágrimas brotavam de seus olhos, sua visão ia sendo restituída.

Novo abraço em Ananias. Agradeçamos a Jesus pelo momento do nosso renascimento no entendimento da vida! – disse-lhe o recém-chegado.

A partir daquele dia, iluminado pela luz do Evangelho, Paulo abraçou a causa da divulgação da "Boa Nova".

Após as primeiras dificuldades materiais e espirituais para o trabalho de divulgação da "boa-nova", sentindo a força da incompreensão das pessoas, Saulo procurou pelo antigo mestre Gamaliel, para aconselhamento e apoio aos seus ideais.

O velho mestre recebeu-o emocionado, e, também convertido à mensagem de Jesus, presenteou o antigo discípulo com uma cópia do Evangelho. Aconselhou-o a vencer as dificuldades materiais com o suor do próprio esforço. Como Saulo na sua infância havia aprendido a profissão de tecelão, aceitou o conselho de Gamaliel e resolveu dedicar-se à profissão.

O ex-rabino Gamaliel tinha um irmão, Ezequias, que era comerciante, e seria a pessoa certa para auxiliar Saulo a recomeçar a vida e preparar-se para as lutas futuras.

Em conversa amiga, Gamaliel convence Ezequias a dar uma oportunidade de trabalho a Saulo na confecção de tapetes de lã e de tecidos de pelo caprino. Ezequias indicou o oásis de Dan para que Saulo fosse trabalhar junto a um casal que lá morava, Áquila e Prisca.

Agradecido ao ex-rabino e mestre Gamaliel, Saulo partiu para o oásis de Dan, onde se fortaleceria em recolhimento e no trabalho como tecelão, para sua missão de divulgação da mensagem de Jesus.

E no tempo em que permaneceu no Oásis de Dan teve oportunidade de meditar e estudar com Áquila e Prisca acerca do Evangelho de Jesus.

Depois de três anos no deserto, Saulo estava fortalecido pelo duro aprendizado e estava pronto a iniciar sua missão. Sua primeira alegria no trabalho para o Cristo aconteceu juntamente com Barnabé, quando o ex-doutor da lei auxiliou com sua palavra influente e amorosa à conversão do procônsul Sergio Paulo à fé cristã.

Saulo explica, em conversa fraternal com Barnabé, que se considerava um novo homem, por isso mudaria o nome para **Paulo,** homenageando o procônsul.

E novamente seu coração se alinhava ao de Estêvão, e, tal como Jeziel mudara seu nome para Estêvão, Saulo, agora em homenagem à sua singela colaboração na conversão do procônsul, passou a assinar seu nome como Paulo.

Mas nem tudo era tão fácil assim...

Ninguém acreditava que Paulo havia mudado sua opinião sobre o Cristianismo. Entendiam que aquele lobo faminto não poderia levar a bandeira do Cristo em suas mãos.

Foi maltratado, apedrejado, humilhado por antigos e também por novos companheiros. Foi preso, espancado.

Entretanto, quanto mais as lutas aumentavam, mais próximos a ele estavam Estêvão e Abigail.

E foram muitas as vezes em que ele os encontrou em sonho, estando o corpo adormecido. Em tais encontros, Paulo pôde pedir perdão a Estêvão – que lhe acalmou o coração, alertando-o para que não se prendesse ao passado – e receber preciosas orientações de Abigail:

ama, trabalha, espera, perdoa!

E Paulo transformou-se em um semeador de luz e de esperança.

Viajou por terras distantes, lançando a semente do evangelho nos corações aflitos. As igrejas por ele iniciadas tinham como fundamento a boa vontade dos corações. As suas paredes pouco ou nada representavam, se não abrigassem corações que amavam.

Para aumentar a divulgação do Cristianismo e garantir o conteúdo espiritual da mensagem do Cristo, Paulo de Tarso escreveu cartas de esperança, cartas de orientação. As cartas de Paulo às igrejas nascentes levavam em suas palavras a mensagem de Jesus com toda sua luz e esclarecimento. Cada carta era endereçada a um grupo de seguidores de Jesus. As palavras de Paulo ali escritas tinham muita força; sempre capazes de levar bom ânimo e incentivar a continuidade dos esforços para manter o trabalho em nome de Jesus. Muitas vezes eram essas cartas, também conhecidas como "epístolas", que mantinham a união e a esperança acesas nos corações frágeis.

Paulo fez-se simples no entendimento das coisas para poder sentir a essência do amor.

E todo aquele que desejar viver verdadeiramente o Evangelho de Jesus deve se assemelhar a uma criança.

Depois de uma vida marcada por incansável trabalho de divulgação da "Boa Nova", arrependido pelos erros do passado e feliz pela oportunidade de reparação, Paulo de Tarso foi recebido, no momento de seu desprendimento do corpo físico, por Ananias, que havia, em outros tempos, restituído a sua visão. Reconhecendo que Paulo havia utilizado seus olhos a serviço do Cristo, Ananias pediu-lhe que aprendesse a novamente enxergar as maravilhas da vida eterna.

Encontrou antigos amigos e, quando fazia uma prece sincera de agradecimento, três vultos de muita luz se aproximaram calmamente, formando uma paisagem de imensa beleza. Eram Estêvão, de um lado, Abigail, de outro, e ao centro, o próprio Cristo, que o recebia em Seus braços amorosos, em momento de profunda felicidade.

Tenho certeza de que essa história ficou escrita em seu coração, e a borracha do tempo nunca vai apagar.

Fim

Este livro foi composto com tipografia Baar Sophia e Old English Text MT
Impresso em papel Pólen Bold 70 g., na Gráfica Edelbra